猛虎勇士 2

狐妖之战

[英] 陈美希 著 徐莎莎 译

中信出版集团 | 北京

图书在版编目（CIP）数据

猛虎勇士．狐妖之战 /（英）陈美希著；徐莎莎译
．-- 北京：中信出版社，2022.3
书名原文：Tiger Warrior 2: War of the Fox
Demons
ISBN 978-7-5217-3897-1

Ⅰ．①猛… Ⅱ．①陈… ②徐… Ⅲ．①儿童小说－中
篇小说－英国－现代 Ⅳ．① I561.84

中国版本图书馆 CIP 数据核字 (2022) 第 002068 号

猛虎勇士：狐妖之战

著　　者：［英］陈美希
译　　者：徐莎莎
出版发行：中信出版集团股份有限公司
（北京市朝阳区惠新东街甲4号富盛大厦2座　邮编　100029）
承 印 者：北京中科印刷有限公司

开　　本：720mm × 970mm　1/16　　印　　张：6.25　　字　　数：48 千字
版　　次：2022 年 3 月第 1 版　　印　　次：2022 年 3 月第 1 次印刷
京权图字：01-2022-0030
书　　号：ISBN 978-7-5217-3897-1
定　　价：28.00元

目 录

序　章

天朗气清，阳光明媚，夏宫附近的湖面上波光粼粼。一名身材高挑的女子临湖而立，仔细一看，那名女子竟然没有影子。她身上裹着雪白的毛皮外衣，一动不动地凝视着水面。这时，一只三尾狐狸生怕打扰到她似的，一声不响地来到她身边，恭敬地低下头。那女子伸出纤细的手指，轻轻抚摸着三尾狐狸，手上指甲又长又尖，不断挠着它的背。

“很快，这里的一切都将属于我们。”那名女子说道。

三尾狐狸抬头望向夏宫：宫殿宏伟壮丽，弧形屋顶金光闪闪，白色的墙壁纤尘不染；夏宫周围，人群熙熙攘攘，都在为各自的生计忙碌奔波，小小的码头上也停满了渔船。

收回视线，三尾狐狸摇了摇头。“这里看起来也没那么好。”它叫道。

“是啊，你说得对，但夏宫可不仅仅是一座宫殿那么简单，”那名女子解释道，“它是碧玉王国夏日的源头，就像一颗跳动的心脏，源源不断地为这里带来温暖和阳光。只要我们占领了夏宫，我就能获得力量，把这里永远变成冰天雪地的冬日。到那个时候，龙王将会回归，我也能报仇雪恨！”只见那名女子把双手高举向天空，放肆狂笑，嗷嗷的声音不断传向远方。远处也陆陆续续地传来了更多的嗷嗷长啸，与那女子的笑声遥相呼应。

身披雪白毛皮外衣的女子和她那趾高气扬的狐狸手下向宫殿走去。经过湖边时，她的真实面貌倒映在闪闪发光的水面上——那是一只雪白的狐狸，金黄色的眼睛里似燃烧着熊熊烈火，渴望着复仇。

第一章

杰克目不转睛地盯着眼前的对手，身侧的手猛地一动，就像身处枪战中的牛仔一样。对面，一双琥珀色的眼睛瞪着他，目光灼灼。杰克感觉到自己的心怦怦直跳。他不敢轻举妄动，生怕一招棋错，满盘皆输。到底谁才能笑到最后？是他，还是他面前那只威武巨大的老虎？“我能行，我一定能行。”他自言自语道，然后开始像个拳击手一样不停地弹跳，努力让自己振作起来，同时还用拳头在空中向前猛击。他眼角余光扫过四周，看到了周围那一双双满怀期待的眼睛，一个个都因紧张而屏住了呼吸。

我能做到吗？他思索着，但还没等他想好下一招，那只凶猛的老虎就向他扑了过来。只见那猛虎张开大嘴，发出一声震天撼地的吼声，口中尖牙锋利无比。说时迟那时快，杰克脑中灵光乍现，想到了下一步的动作。

他从口袋里掏出随身携带的硬币，迅速抛向空中。“酉鸡现身！”杰克大喊一声，一只公鸡瞬间就出现在了他的肩膀上。就在老虎那庞大的身躯马上要压倒杰克时，杰克举起了双臂，使用酉鸡的神奇力量腾空飞起。

他们飞到花园上空，随后俯冲下来，落在附近一棵树的粗壮的树杈上。杰克穿着运动鞋，竭力在树枝上保持平衡，但那树枝只有杰克的胳膊那么粗，脚踩在上面，杰克的腿微微摇晃着。他伸手迅速抓住另一根树枝，稳住了自己的身体。

“你现在抓不到我了，你上不来吧，寅虎？”杰克得意扬扬地欢呼着，眼见着寅虎一头撞进了长满带刺玫瑰的花圃。杰克低头，对着下面的观众咧嘴一笑。

下面站着一位老人和一排神奇的动物。戌狗、未羊、辰龙、丑牛……所有的生肖神兽无一缺席。他们

每一个都拥有一种特殊的技能，比如酉鸡的飞行能力。杰克站在树上，高兴地朝他们挥手。戌狗在哈哈大笑，子鼠欢呼雀跃，卯兔因为太紧张，依旧用爪子捂住眼睛，不敢去看战局如何。

“下次你就不会这么幸运了！”寅虎咆哮着，摇摇脑袋抖掉脸上的泥土。

杰克闻言一笑。虽然寅虎有时会喜怒无常，但在他心目中，寅虎仍然是与他最亲近的生肖神兽。毕竟，杰克是猛虎勇士，即使至今他仍然觉得难以置信。

没有人能猜到杰克的另一重身份，他是碧玉王国的守护者，而碧玉王国是一个奇妙的世界。他的爷爷传给他一枚神奇的硬币，叫作玉之币。通过这枚玉之币，他可以控制生肖神兽的力量。但想要完全掌握那些力量，杰克仍然需要刻苦学习和训练。现在，他的训练渐入佳境，至少这次，他能按照自己的心意，自如地控制头脑简单的酉鸡了！

"做得很棒！酉鸡！"杰克转头看向肩膀，想要表扬他的伙伴，可前一秒还站在那里的酉鸡竟然不见了。"酉鸡？"杰克转过身来，看到刚刚还和他并肩作战的酉鸡已经离他而去，那毛茸茸的身体早就拍打着翅膀飞回了草坪。酉鸡走到花园角落的一个黄色的破桶边，咯咯地叫着，开始啄了起来。

酉鸡飞走了，杰克的飞行能力也消失了！

"嘿！酉鸡，别把我一个人丢在这儿，我下不去了！这棵树太高了……你快回来，帮我从这里下去。"杰克大声喊着，心中焦急，双手紧紧地抱住树干。这一刻，他突然觉得自己站得太高了。

爷爷见状，大笑起来："能上去就肯定能下来。"

寅虎也跟着笑起来。爷爷的手轻轻抚摸着寅虎，原本威风凛凛的寅虎此刻就像小猫咪似的乖巧，一点儿也不像刚才那么凶猛。"熟能生巧，你还要多多练习啊。这可不像电脑游戏，杰克。在实战中，没有暂停按钮可以让你停下来思考最佳方案。你得多动动脑筋。未雨绸缪，才有可能决胜千里。每走一步，都要想在你的对手前面。"爷爷说道。

杰克看了一眼酉鸡，发现他转而去啄棚屋的门了。杰克叹了口气。早知道他就不应该太依赖酉鸡！

"还不错，杰克。"戌狗对他喊道，"但是你要知道，逃到树上并不能帮助你打败寅虎。在我看来，树只有一个用处。"说罢，戌狗便抬起一条后腿，在树下撒了一泡尿。

"戌狗！你这样可太不礼貌了！"未羊责怪道。一时间，所有的生肖神兽都起哄地大叫起来，一派欢乐景象。申猴还做了一个后空翻，手舞足蹈。

"辰龙，你能飞上来把我带下去吗？"杰克恳求。

辰龙点点头。她腾空而起，瞬间便来到了杰克的身边。她小心翼翼地用爪子抓住杰克，从树上飞了下来，把他放在地上，挨着爷爷和戌狗。

“谢谢你，辰龙！”杰克拍了拍她长满鳞片的龙颈，心中有些苦涩。这段时间他竭尽所能地刻苦训练，但作为一名猛虎勇士，他仍然远不及当年的爷爷。

“为什么愁眉苦脸的？”戌狗一边问，一边摇着尾巴，推了推杰克的腿。似乎知道杰克心中的苦闷，戌狗说道：“对于一个只训练了几周的人来说，你做得相当不错。”戌狗舔了舔杰克的手，杰克立刻觉得不那么孤独了。杰克挠了挠戌狗毛茸茸的脑袋，这位忠诚的朋友总能让他开心起来。

“别灰心。我们再来一轮。你可以的，我相信你。”爷爷说道。

杰克长吁一口气。天哪！刚刚才训练过一轮，还要再来？他真的快受不了了。“啊！我们整天都在训练，训练……我就不能去逛逛碧玉王国，找丽公主一起玩儿吗？求您了，爷爷！”

“现在还不是时候，杰克。还记得上次发生的事吧——你需要做好充足的准备。”爷爷说着，一脸严肃。在杰克的记忆里，只有当爷爷谈到杰克已过世的爸爸时，还有当杰克第一次从碧玉王国归来，告诉爷爷他与龙王的战斗时，爷爷的表情才像现在这般严肃。杰克顿时明白了，原来爷爷是在担心他。

杰克再次叹了口气，感慨道：“距离我上次在那儿的冒险，已经过去很久了！如果没有这些神兽的陪伴，”

他看着身边的十二生肖神兽，“我还以为这一切都是我做的梦呢！”他真的与那些恶龙近身搏斗了吗？他真的和龙王战斗过吗？

“冒险？你这口气就像在说你的电脑游戏似的。这是非常严肃的事情，杰克。你是碧玉王国的守护者。”爷爷说着，突然咳嗽起来，不得不停下来大口喘气，“几个世纪以来，龙王一直在向玉帝和碧玉王国挑起战争，致使生灵涂炭。要想打败龙王，你的实力还远远不够，他的战斗经验和训练强度都远远超过你。来，再练一场。寅虎，准备再来一轮。”

杰克拿出玉之币准备再战。然而，当他把玉之币从口袋里掏出来的时候，他惊讶得险些将玉之币掉在地上。只见他掌心的玉之币泛着绿色的光，上面雕刻的生肖图案闪闪发光。“快看，爷爷，玉之币有异样！”杰克急切地喊道，“您知道这是怎么回事吗？玉之币会这样吗？”

爷爷皱起了眉头：“当然了。这是玉帝在召唤你。”

“他想让我去碧玉王国？”杰克兴奋地问，心里七上八下。戌狗见状，高兴地吠叫着，尾巴摇来摇去。

爷爷叹了口气，双手叉腰。“恐怕是这样的。我原本希望你能准备得更充分些，但现在看来，你不得不去了。”

生肖神兽们聚集在杰克周围。“我们都万事俱备了，只等你一声令下。”戌狗激动地说道。

爷爷拍了拍杰克的背，然后后退一步，目送杰克启程，脸上的表情依然忧心忡忡。

“别担心，爷爷，我会平安无事的。”杰克安慰道。

“我们会照顾好他的，一定护他周全。”辰龙郑重地说道，其他神兽同样郑重地点了点头。

“好吧，”爷爷说着，脸上挤出一丝笑容，“但是你回来以后，训练还得继续。毕竟，碧玉王国的时间流逝与我们这个世界不同，你躲不掉的！”

听罢，杰克朝爷爷咧嘴一笑，然后把玉之币抛向空中，喊道：“碧玉王国！”

此刻，碧玉王国需要他，他必须离开！

第二章

神奇的玉之币弹向空中，旋转起来，一个光圈出现在空中，不断盘旋着。透过那光圈，杰克可以看到树木茂密的森林，里面长满了参天大树，碧绿枝干肆意伸展。一座富丽堂皇的宫殿掩映在森林深处，宫殿旁边是一片平静的湖水，碧蓝的湖面上，有几只小船随着波浪上下浮动。

杰克深吸一口气，然后踏进了光圈传送门，把心爱的花园和爷爷都留在了身后。十二生肖神兽也紧跟在杰克身后，纷纷跳进了光圈入口。子鼠一如既往地兴奋激动地跑在前面。她爬上杰克的胳膊，站在他肩上四处张望，鼻子皱了起来，到处嗅来嗅去。

“好吧，让我来看看，哪里在打斗？”子鼠急切地说道。

戌狗紧接着来到杰克身边，摇了摇头，说道：“这里有这么多好玩儿的东西，你怎么只想着打架呢？看，我们可以在湖里游泳，或者在森林里找点儿树枝，啃一啃，嚼一嚼，练练牙口……”

“说到啃东西……亥猪，这次你别再啃丽公主的拖鞋了！”辰龙提醒道。

“那拖鞋上缀着樱桃，我怎么知道那是布做的？我当时以为是真的樱桃呢！”亥猪哼了一声，最后一个跑出光圈，嗖的一声，光圈入口在他身后关上了。

“天哪！这里太热了，我知道你们都是这么想的。”未羊边说边小跑到湖边，把蹄子伸进湖里。

“我会让你凉快下来的！”戌狗大叫着，扑通一声跳进湖里，顿时水溅了未羊一身。

“喂！戌狗！”未羊不满地喊道。

此刻，杰克也很想下湖痛快地游一场，但他得先

搞清楚玉帝为什么召唤他，是不是出什么事了。他警觉地扫视着远处那座巍峨壮丽的宫殿，但似乎没有什么不对劲——不像上次，他刚到碧玉王国，就目睹一条恶龙用冰之力量大肆破坏村庄。上次的情景至今还历历在目，杰克想起人们面对那可怕的恶龙毫无还手之力，只能惊慌失措地逃亡，他们的家园都被破坏殆尽。后来他才知道真相——龙王杀死了他的爸爸。一想到这里，杰克紧紧攥起拳头，他发誓一定要报仇。

“你没事吧？”戌狗抬头看着杰克，关切地问道。

杰克摇了摇头：“我不知道。我总感觉不对劲。我们必须尽快找到玉帝和丽公主。”

话音刚落，像是心有灵犀似的，丽竟然出现了。天空中，一只色彩斑斓的生物朝他们飞来，她身上的羽毛绚丽多彩，呈黑色、绿色、红色、白色和黄色，就像风筝上的丝带一样随风飘动。那是丽公主，她正以凤凰的形态在天上飞翔。看到丽，杰克很高兴。这个世界上可没有几个像他这样的小孩，拥有能变身成凤凰的神奇朋友，最重要的是她还和自己年龄相仿，能力超凡。

当凤凰飞过杰克他们头顶上方时，生肖神兽们也看到了她，兴奋地欢呼着。申猴跳上跳下，拍手叫好。酉鸡扑腾着翅膀，飞到空中去迎接她。

其他的神兽同样激动地喊着凤凰。听到声音，凤凰迅速调转方向，不料却和酉鸡撞了个正着。凤凰一个急转弯，想避开呆头呆脑的酉鸡，然而，转弯时她的右翼撞到了一根树枝，让她在空中失去了控制。紧接着，她就像断了线的风筝，从天而降，直直地落到了湖边的地上。

“丽！”杰克焦急地喊道，飞快朝她跑去，生肖神兽们也紧随其后。

“啊！”丽痛叫一声。这时她已经变回人形，坐起身来，一手抓着她的另一只胳膊。

“丽！丽！你没

事吧？”杰克担忧地询问。神兽们也围了过来。戌狗费力地挤到了前面。酉鸡来到丽身边，咯咯叫着表示歉意，丽见状伸手抚摸着酉鸡的羽毛，让他不要担心。

“杰克，是你啊！很高兴我们又见面了……嗷！我一直很想你！”丽说着，脸上浮现出一丝痛苦，“哎哟！有点儿疼！”她用力抓住胳膊，疼得缩了缩。杰克这才发现，丽的手腕上有一大块伤口，触目惊心！

“用我的力量，用我的力量！”戌狗兴奋地叫了起来。

杰克以前从未使用过戌狗的治愈之力。此刻，他毫不犹豫地将一只手放在戌狗的背上，另一只手悬在丽的伤口上方。

“希望这能管用。”他轻声说道。忽然间，血不流了，伤口也开始奇迹般地愈合。杰克惊奇地看着这一幕，只见丽浑身放松下来，脸上痛苦的表情也消失了。眨眼间，伤口已经完全愈合了，现在那里是一层新生的、粉红色的皮肤。“这也太酷了！”杰克咧嘴一笑。

丽拽住杰克，给了他一个大大的拥抱。“谢谢！”丽说道，“也谢谢你，戌狗！”她揉了揉戌狗的毛，戌狗高兴得直摇尾巴。

“如果我身上的毛不是像暗夜的黑色，那我的脸现在肯定红得像个番茄了！”戌狗心花怒放。

“但有一个事实不可否认，一开始，你的酉鸡神兽确实扰乱了我的飞行方向！”丽开玩笑地说。

“回来真好。”杰克说着，抬头望着湖边高耸的宫殿，问道，“我们在哪儿？”

“那是夏宫！我本来打算找到你，然后带你正式参观一下，没想到竟一下子栽到了地上！”丽哈哈大笑。

“是龙王回来了吗？是不是因为这个，把我召唤过来的？”杰克问道，不自觉地身体都紧绷起来。他记得龙王逃到另一个世界去了，但玉帝判断龙王迟早会回来的。一旦龙王再次回到碧玉王国，杰克就必须再次与龙王正面交锋。

“不是因为这个，放心吧。这里一切太平。之所以召唤你，是因为你是我父亲的特邀嘉宾。他让我邀请你去参加他的……”说到此，丽看上去有些不开心。

“他的婚礼……”未羊插了一句嘴。

“未羊！”丽大喊一声。

“很抱歉，丽！”杰克说道，“未羊，不要读取别人的心思了，太无礼了！”

“刚刚我很抱歉。”未羊急忙开口道歉。

“好吧，未羊，我知道你不是故意的。”丽回答道。

“所以你不开心，是因为你父亲又要结婚了？”杰克小心翼翼地问道。丽点了点头，看起来对父亲再婚不太高兴。“如果我妈妈也再婚了，我也会觉得很奇怪，很难受。”杰克说着，满脸同情。

“银梅看起来很不错，”丽说道，“只是我总感觉有点儿……不对劲。具体是哪里不对劲，我也说不清楚。但不论如何，见到你，我很开心。”

就在这时，夏宫里传来一声震天锣响，惊得卯兔一下子蹿到丽的腿后面躲了起来。他把耳朵往下一拉，生怕再听见那锣鼓喧天的响声。

“来吧，我们一起去参加婚礼前的庆祝活动。”丽说着，加快脚步向宫殿出发。

杰克和神兽们紧跟其后。他们距离宫殿越来越近，人也变得越来越多，当他们到达正门的时候，人群摩肩接踵，几乎挪不动脚了。杰克转头看着生肖神兽们，建议道：“这种情况下，你们还是回到玉之币的空间里吧。”

“不好玩儿！”申猴抱怨道。

“我还想亲眼看看这热闹的盛况呢，”子鼠同样不满，“这不公平。”

“我可以顺着每个人的头顶爬过去，肯定能很快到最前面。”申猴又蹦又跳地说道。

“大家听我说，现在不是时候，你们可以过一会儿再出来，我保证。”杰克安抚着生肖神兽们。“现在大家都回到玉之币空间里去吧！”他一声令下，神兽们瞬间消失，回到了玉之币空间内。这时，丽抓住他的胳膊，挤过人群，向前走去。

“啊，对不起。”杰克急忙出声道歉，刚刚他差点儿踩到当康的蹄子。当康长得像野猪，浑身绿色，大大的獠牙十分威风。只见他那铜铃般的大眼睛眨了眨，紧接着吸了一下鼻子，声音极其响亮，一下子惊动了周围的人。所有人立刻转过身来，看到了杰克和丽。人群纷纷后退，周围响起了议论声。杰克听到人们在小声说着“猛虎勇士”，他不由得脸红了。眨眼间，人群

就为杰克和丽公主让开了一条路。

见状，杰克他们向前走去，身后不断有人轻拍着杰克的背，微笑着给他送上祝福，还有很多人向走在他身旁的丽鞠躬致意。这一刻，杰克觉得自己像个流行歌星，拥有众多粉丝。在原来的世界里，他只是一个平平无奇的小孩子，但是在这里，他是人们心中的英雄。对于这个世界的身份，他还需要一段时间来适应。

当他们穿过人群，来到前面，看到玉帝站在一个高高的绿色平台上，被当地居民和神奇的生物簇拥在中间。仔细一看，杰克认出来一些神奇生物，它们在爷爷给他讲的神话故事中出现过——比如那个长得像狮子的动物，正在玉帝的脚边伸懒腰：那是貔貅。然而，也有很多动物他认不出来，比如那一群奇怪的鸭子，它们竟然不停地对彼此扇巴掌。杰克默默地把这些他不认识的动物记在心中，打算回家后向爷爷请教。

丽走上前去，和她父亲一起站在高台上，杰克站在一旁，静静地观看。

“今天，非常感谢大家的光临。这是一个非常特殊的日子。”玉帝朗声宣布。此时，丽却低头，看着自己的脚。“我把大家召集起来，是想宣布一件事。我希望这个消息能为你们带来欢乐，正如我现在心底溢满喜悦之情一样，希望大家能与我同乐！”话音刚落，人群中响起阵阵欢呼。

玉帝伸出手来，一个穿着雪白毛皮外衣、身材高挑、举止优雅的女人走上高台，牵起玉帝的手。她那银白的长发瀑布般地垂在背后。

“这是银梅，也是我将要迎娶的新娘！她将成为碧玉王国新一任的玉后。”玉帝满面春风地说道。与此同时，丽却心不在焉，百无聊赖地用脚尖磕着地板。杰克非常同情她，为她感到难过。他可以想象到有个继母在身边一定很不自在。

当台下的人们欢呼鼓掌时，杰克觉得口袋里的玉之币突然变热了，低头一看，原来是戌狗出来了，此刻正在他身边。

“你怎么出来了——”杰克看到戌狗与往常一样的友好善意的表情，突然停了下来，不忍责怪他。只见戌狗嗅了嗅空气，尾巴陡然翘了起来，背上的毛直直竖着，露出了尖利的牙齿。

“呜呜……”戍狗低吼着，身体紧绷，如临大敌。

“怎么回事？”杰克只觉得尴尬，脸都红了，“戍狗！你别那么一惊一乍的！如果你在开玩笑，这可一点儿也不好笑！”

然而，戍狗依然低声吼叫着。“回去！”杰克命令道。戍狗以前从没这样过，杰克思索着戍狗的反常行为，心想要么是戍狗疯了，要么就是真的出了什么大问题！

第三章

玉帝挥了挥手，一副王者风范，带领着热热闹闹的人群往夏宫走去。此时，杰克飞快地把戌狗收回到玉之币空间里，生怕别人注意到他奇怪的行为。然而，他的动作却被银梅尽收眼底。她的目光紧紧锁住杰克，脸上带着一丝意味不明的微笑。她故意走得很慢，逗留在队伍后面，与杰克搭话。

“你一定是大名鼎鼎的猛虎勇士吧？”她问道，声音轻快而顽皮。猛然被这样一问，杰克不知道是不是应该鞠躬回答。关于碧玉王国的风土人情，他还有很多东西要学。

“您好，嗯……是的，我是杰克。谢谢您邀请我参加您的婚礼。”杰克礼貌地回答。听罢，银梅伸出手来，杰克这才意识到眼前这个女子比他高出好多。

“我是银梅。很高兴见到你，杰克。丽早就跟我提起过，你是王国的神圣守护者。”杰克也伸手，握了握她的手，眼神注意到她手上的指甲，是银色的，像爪子的形状。握手的时候，杰克感觉到她的手出奇的有力。只听银梅继续说道：“你这么年轻，守护王国责任重大，你一定很有压力吧！”

听她这么说，杰克想知道她对玉之币和生肖神兽了解多少，于是答道：“我有很多朋友帮助我。”说到这里，杰克的手指不断地抚摸着口袋里的玉之币。

银梅笑了：“是的，我明白你的意思。有朋友真好。我也有许多朋友来参加我的婚礼。今天有他们在场，我特别高兴。一会儿你就能见到我的朋友们。”说罢，她那瘦骨嶙峋的手扶住杰克的肩膀，轻轻地捏了一下。

“我就是不喜欢她！”银梅刚走开，丽就咕哝一声，抱怨地说道。

“戌狗也不喜欢她。”杰克把戌狗那反常的行为告诉了丽。然而，他们还没来得及多说几句话，就被人潮推着进入了一个巨大的宴会厅，大厅里挂满了红色和金色的缎带，显然是为明天的婚礼装饰上去的。放眼望去，到处都贴着红色“双喜”图案，寓意着幸福美满。餐桌上摆满了各色美食，看得杰克直流口水。桌上美食飘香，有龙虾、鸡肉、烤鸭，甚至还有看起来像鱼翅汤的东西。在桌子的另一头，还摆着一大堆热气腾腾的包子。

就在这时，玉帝张开双臂，一瞬间，银色的焰火射向空中。“我亲爱的朋友们！”他声音威武有力，“让我们尽情享受这美食盛宴吧！”

此时此刻，杰克躺在一张巨大的床上，床的四个角分别有四根柱子固定。杰克心中感叹，这张床比他家里的卧室还要大。天花板上挂着的蓝色帘子垂在床的四周，高贵典雅。窗外，月光洒在湖面上，闪闪发光。

“我太撑了！”杰克满足地说道。这时寅虎也爬上床，卧在他身边。杰克这辈子从没吃过这么多菜：“我吃的包子比亥猪吃的还多！”现在看来，幸好这张床非常宽敞，因为好像所有的生肖神兽都要和他一起睡在床上。宴席期间，他和丽一直没有说上话，丽就让杰克今晚在宫殿里留宿。杰克不着急回去和爷爷一起训练，所以就同意了。

房间里，大多数生肖神兽都已经入睡了。亥猪鼾声如雷，脸还埋在一碗橘子里。午马站在窗边，闭着眼睛，但尾巴不停地发出嗖嗖声。戌狗躺在床尾。杰克知道戌狗肯定在做梦，因为他一直发出呜呜的声音。在宴会上，杰克几次尝试和戌狗谈一谈，但戌狗总是咬牙切齿，低声咆哮。

尽管现在感觉很累，但是杰克的脑海中总是闪现他在宴会上看到的一切。马戏团演员在人群头顶上方不断旋转翻腾，手中拿着长长的丝带，在空中飞来飞去。还有一支由高大威武的生物组成的游行队伍——它们当中，杰克最喜欢的是一条龙，因为它的表演在夜色中留下了霓虹灯似的光芒，煞是好看。在那之后，湖面上燃放了烟花，五光十色的焰火把天空照亮了，粉红的、紫色的、金色的火焰嗖嗖地划过天空，倒映在水面上。

今天的一切都太激动人心了，杰克在床上翻来覆去，睡不着。他仰面躺着，眼睛盯着天花板。他总觉得银梅身上有些东西，说不清道不明，但又让他觉得很不安。银梅让杰克联想到爷爷曾经给他讲过的一个故事，但具体是什么，他记不清楚了。

房间里夜色笼罩，杰克忽然听到房间外面有一种奇怪的声音，像是爪子拍打地面的声音。杰克慢慢起身，在黑暗中摸索着，想找到放在床头柜上的玉之币。把玉之币拿到手之后，杰克借着它的微光四处张望。巳蛇原本在杰克的脚边休息，见到杰克起来，便松开盘着的身体，爬到了杰克身边。

“睡不着吗？”巳蛇问道。

“我听到了一种奇怪的声音。”杰克回答。

“这不奇怪，宫殿里有很多人。”巳蛇告诉他。

“这个我知道。但现在,我想四处看看。”杰克说着，把玉之币放进了裤兜。

“你想让辰龙来帮忙吗？她来过这里很多次，对这里非常熟悉。”巳蛇提议道，还朝睡在地板上的辰龙望了望，睡着的辰龙看上去就像一张巨大的龙皮地毯。

“不，不要打扰她。我只是想随便看看。现在你既然醒了，那就陪我走走吧。咱们用你的能力隐身吧，以免宫殿内的守卫发现这么晚还有客人在四处走动，惹出麻烦。”杰克伸出手腕，让巳蛇缠上去。刹那间，杰克感到巳蛇的力量传遍了他的全身，之后他的身体开始渐渐消失。

悄无声息地，杰克穿过了宫殿的一间间大厅。周围一个人也没有，也没有之前他听到的类似动物的声响。这时，他发现一扇巨大的门半开着，便推开门走了进去。月光从窗户洒进来，屋内就像白天一样亮。杰克兴奋地环顾四周，他发现自己身处一间巨大的藏书

室里，木质书架顶天立地，上面放满了书。杰克伸出手，用手指轻柔地拂过那一排排的书，心想也许看会儿书能让他累一点儿，然后就能睡着觉了。巳蛇松开杰克的手腕，他的身体又出现了。

杰克拿起一本金线装订的红色大书，走到一张木桌旁坐下，那里正好被月光照亮了。他看了看封面上的汉字，努力回想爷爷教过他的中文。他认出来了，上面写的是“碧玉王国之神话与传说”。杰克兴致大起，开始快速翻看书中的内容。这本书提到了许多爷爷曾经告诉他的生物和故事。不知道能不能找到今天白天看到的那些像鸭子的奇怪生物？巳蛇也沿着桌子爬上来，一起看书。突然，杰克看到了一些内容，让他心跳加速。

书页上有一幅白狐的画像，那狐狸神态狡猾，旁边是一个美丽的女子。

“巳蛇，快看这个！这是九尾狐，一种狐妖！”杰克的心怦怦直跳，他的眼睛紧盯着书，大声读到：

九尾狐可以幻化成人形，可以变成男人，也可以变成女人，还能使用迷惑人心的魔法。

它们可以蛊惑人心，进一步控制别人。

它们的目的是从那些被迷惑的人身上偷走“气”，也就是生命之力，从而让他们变得虚弱。

读完这些，杰克打了个冷战。“你觉不觉得……”他的声音越来越小，似乎不敢相信自己的猜想，“银梅穿着一件雪白的毛皮外衣……”

“现在这时节，穿着毛皮外衣也太热了吧。”巳蛇接着说道，身子凑得更近一点儿，仔细看了看书上的画像。

“可是银梅不可能是狐妖，对吧？”杰克压低声音问道。巳蛇看着他，还没回答，只见杰克一下子跳了起来，当即说道：“我必须告诉丽！”

突然，砰的一声，窗户全关上了，又听咚的一声巨响，藏书室的门也关上了。霎时间，藏书室陷入了一片黑暗。与此同时，黑暗中似乎有什么动静，杰克心中登时警铃大作。他转过身来，直觉告诉他，好像有什么东西在暗处动了起来。定睛一看，那是两只金黄色的眼睛，在幽暗的夜色中闪闪发光。

第四章

杰克纵身一跳，拿出玉之币。“十二生肖！”他大喝一声。刹那间，其他生肖神兽也都汇集在他身边。他们突然被杰克从睡梦中召唤过来，全都一副睡眼惺忪的样子，但各个都揉着眼睛，努力清醒过来。

“怎么回事？”未羊问道，“我刚刚做了个美梦，梦见了一片长满青草的草地。”

“嘶嘶嘶……”巳蛇急忙解释，“杰克需要我们的帮助。”

“这个房间里除了我们，还有别的人，或者什么诡异的东西。”杰克压低声音说道。听完杰克的话，生肖神兽们顿时睡意全消。他们一一列队，严阵以待，期待杰克使用自己的力量。然而，杰克还不知道他的敌人是谁，现在让他选哪只生肖神兽来帮忙，确实难以抉择。他现在能做的就是等待，等待黑暗中那个不明生物先一步动作。

杰克的手紧紧地攥着玉之币。陡然间，幽暗的房间内出现了越来越多的眼睛，就像是夜空中闪烁的星星。紧接着，那些不明生物开始放声长啸，杰克从来没有听过这种声音。

“嗷……嗷……嗷！”

“狐狸！”戌狗凶狠地叫起来。此时他浑身的毛都直直竖起，露出锋利的牙齿，准备迎敌。这一刻，杰克终于明白戌狗为什么躁动不安了。看到戌狗这般模样，杰克心中犹豫要不要使用戌狗的力量。他知道戌狗讨厌狐狸，但他的能力是治愈之力，这个时候能派上用场吗？

思索间，杰克感觉到寅虎轻轻地推了一下他的手，他恍然大悟，知道自己下一步要做什么了。

“寅虎变身！”杰克大喊道。转瞬间，他感觉到寅虎那顽强不屈的心志和炙热的火之力融入了他的身体，他的身体舒展、扭转，变成了一只威风凛凛的猛虎。

杰克站在房间中央。在昏暗的环境中，他猛虎形态下的视力比人类的视力要好得多。他发现自己已经被狐妖包围了，那群狐妖甩着尾巴，咧嘴笑着，露出了锋利的牙齿。

放眼望去，房间最远的角落里，一只雪白的狐狸站在桌子上，身后的九条尾巴不断摆动，发出嗖嗖声，似乎很愤怒。看样子，那只白色狐妖是首领，在远处指挥观战。

突然，那白色狐妖嗷呜叫了一声，像是作战指令，只见下面所有的狐狸齐齐出动，飞身朝杰克扑来。

杰克甩了甩尾巴，向他正前方的狐狸发射火球。不料，一只狐狸竟然越过火球，落到了杰克的背上，紧接着就用它那锋利的爪子拼命撕扯杰克背上的虎毛。杰克痛苦地咆哮一声，用力一甩把它扔了出去，并立刻扔出一个火球追击那只狐狸。然而，那只狐狸动作很快，灵巧地避开了。火球撞在一扇窗户上，在窗户上烧出了一个洞，窗户上的玻璃竟然像黄油似的融化了。这时，月光洒进房间，周围狐狸的一举一动，杰克看得更清楚了。

“杰克，当心！”一只狐狸从后面扑过来，戌狗大喊一声，提醒杰克。说时迟，那时快，杰克飞速跳起，那狐狸扑了个空，银针般锐利的牙齿也咬了个空。此时，杰克发现，房间的角落里竟然出现了越来越多的狐狸。

“嗷呜……”那九尾狐妖又叫了一声。擒贼先擒王，杰克毫不犹豫地扭转身体，朝九尾狐妖射出了一颗火球。见到眼前飞来的滚滚烈火，那九尾狐妖从桌上一跃而下，落在地上，但杰克的火球仍然击中了它的爪子。九尾狐妖愤恨地踩灭了火焰，但仍抵挡不住烈焰的灼烧，痛苦地号叫着。

“我们必须控制住这些狐狸，不能让他们接近丽公主和玉帝。”辰龙镇定地说道。

听罢，杰克重重地点了点他那巨大的猛虎脑袋。他纵身一跃，穿过那扇破碎的窗户，跳到了院子里。他回头一看，果然看到狐狸中了他的调虎离山之计，朝他追过来。杰克当即转身，向森林飞奔而去，猛虎形态下，他强劲有力的四肢在全力奔跑。

风从他耳旁呼啸而过，身后的狐狸紧追不舍，号叫声不断传来，尖厉悠长的声音划破了夜空。就在这一刻，杰克才看清了所有的狐狸，有白狐，有红狐，阵势之大，竟然有好几百只，全都拼命地向他奔袭而来，尖尖的牙齿在月光下闪着寒光。

第五章

杰克一路飞奔，到湖边才停下来。现在他已经把狐狸群从夏宫引出来了，但是眼下狐狸数量众多，而他只有一个人，寡不敌众。纵使杰克现在拥有寅虎的火之力，他依然觉得胜算不大，毕竟狐狸太多了。他举起虎爪，凝聚力量，把火球一个接一个地扔进狐狸群，但不管他击退了多少狐狸，总会有更多的狐狸源源不断地涌上来。

电光石火间，一只三尾狐狸冲到了狐狸大军的最前面，向杰克猛扑过来，锋利的尖牙瞬间咬住杰克，狠命地撕咬着虎背上的血肉。趁此机会，另一只狐狸跳了过来，咬住了杰克的前腿。杰克又甩又拉，想把背上那只狐狸弄下来，但背上那只狐狸竟然死命咬住杰克的血肉，越咬越深，金黄色眼睛里满是凶狠决绝。杰克咆哮一声，使出浑身力量猛跺了一下脚，终于把背上的狐狸甩了下来。不料，刚解决完这一只，又有三只狐狸目露凶光准备朝他扑来。杰克心想，这样耗

下去他迟早会筋疲力尽，必须想别的办法。

“午马现身！”杰克吼道。下一刻，他就恢复了人形，午马也在他身边待命。“咱们快点儿离开这里。”杰克挣扎着爬上了午马的背，狐狸们仍不罢休，扑过来撕咬杰克的脚踝。不等杰克命令，午马开始狂奔起来，风驰电掣般地穿过树林，杰克坐在午马背上，紧紧抓住她。午马闪电般的速度很快就把号叫着的狐狸大军甩在了身后。

不知跑了多久，他们来到了山上的一片空地，在这里他们可以俯瞰整个夏宫，杰克心中舒了一口气，终于安全了。他的胳膊受伤了，不断在流血，一手抓住受伤的胳膊，他艰难地从午马的背上滑下来，随后拍拍她的身体，以示感谢。他和午马站在山上，低头望着夏宫，整个宫殿此时正笼罩在一片黑暗当中，茫茫夜色中有几百只金黄色的眼睛在闪闪发光，全都充满了可怕的杀意。

杰克凝望着那些可怕的点点亮光，突然感到一阵眩晕，倒在了地上。他的胳膊被那只狐狸咬得很深，此刻剧痛难忍，鲜红的血液不断地从伤口中滴下来。

“我们需要帮你疗伤。”午马轻轻地嘶鸣一声，消失在玉之币里，去叫戌狗。

杰克痛苦地呻吟着，一手紧紧抓住流血的胳膊。

几秒过后，戌狗出现，跳上前来：“我来了，杰克，但你得搭把手！”戌狗急切地吠叫一声。

杰克把手放在戌狗的身上，另一只手放在受伤的胳膊上。等杰克做完这些，戌狗立刻闭上眼睛，瞬间，杰克感到一股暖流流过他的身体。伤口周围的皮肤逐渐紧绷，然后开始略微刺痛，感觉就像被人挠痒痒。

戌狗的治愈之力散发出了温暖的能量，扩散到杰克身体里的每一个细胞，这种感觉让人安心，杰克松

开紧锁的眉头，放松地笑了。这能量就像纯净的光穿过他的身体，从头顶到脚尖，为他的身体不断注入活力。

伤口一个接一个地快速愈合了。“治疗完成！”戌狗汪汪叫了一声，高兴地摇着尾巴。

“谢谢你，戌狗。”杰克如释重负地说，“对不起，我之前没有听你的。”

戌狗靠过来，似乎要说什么，然后他伸出舌头，开始舔杰克的脸，从下巴到前额，一点儿也没放过。

“有点儿恶心啊，戌狗！”杰克爽朗的笑声响起。能和戌狗解除误会，重新成为朋友，杰克由衷地高兴。他站起来，凝视着山下的夏宫。

“狐狸，成百上千的狐狸……所以银梅不是一个人——她有一整支狐狸大军。”杰克意识到，“我们必须把这个消息告诉丽和玉帝。但我们应该怎么做呢？”

“你现在应该休息。”戌狗说道，“你还需要恢复体力。看它们的情况，应该哪儿也不会去。”杰克低头，俯视着夜色中那一双双凶狠的眼睛，确实，它们暂时没有行动——它们那是在等待，等待时机。

“如果银梅想杀丽，她早就动手了。她的目的是当玉后，然后窃取整个碧玉王国。我们决不允许这种事情发生。”杰克分析着目前的局势。但戌狗是对的，现在这种情况，杰克确实束手无策。

杰克靠在丑牛的身上，开始闭目养神，戌狗蜷缩在杰克的腿上，同样在休息。虽然这里没有夏宫那豪华宽敞的大床，但是令人安心。渐渐地，伴随着戌狗轻轻的呼噜声，杰克睡着了。

喔——喔——喔！酉鸡一声响亮的鸣叫，让杰克立刻睁开了眼睛，他看见酉鸡站在丑牛背上，雄赳赳气昂昂，原来已经日出了。

“我们不能在这儿坐以待毙，”杰克说着，低头看着山下的宫殿，“我们得阻止这场婚礼。”生肖神兽们纷纷点头。杰克翻身坐到午马背上，其余的神兽暂时回到了玉之币空间。杰克骑着午马一路风驰电掣，赶回去找丽。

嗒嗒嗒的马蹄声渐渐停止，杰克和午马进了院子，映入眼帘的是一个高挑的身影，似乎正等着他们。原来是银梅，她那美丽的脸庞上挂着瘆人的微笑。她今天穿着一件红色的结婚喜服，脖子上围着雪白的毛皮领子，和前一晚那九尾白狐的皮毛简直如出一辙。

杰克突然灵光一现，眼角余光假装不经意地瞟了一下她的手。果然，银梅的左手缠着白纱布。霎时间，心中泛起惊涛骇浪，杰克的眼睛不由自主地瞪得大大的。他确定银梅就是昨晚与他交战，被他打伤的那只九尾狐。

“啊！原来是猛虎勇士。”她说道，“昨天夜里，藏书室竟然被毁了。据说是有入侵者，恰巧发生在这个时候，真是有些麻烦。不过，这不影响今天的婚礼茶会，仪式完成后，我就是玉后了。”她目不转睛地盯着杰克，一瞬间，杰克似乎看到了她那双狐狸眼睛一闪而过。

“杰克，原来你在这儿啊！”欢快的声音响起，只见丽走进了院子。见到丽平安无事，杰克一颗提起的心终于放下了。

“待会儿我会好好招待你的，我是说，待会儿见。”银梅笑着说道，然后向宫殿走去。

丽欢喜地跑过来，看她的打扮，应该是要盛装出席，她身穿一件绣有凤凰羽毛的紫色长裙，十分漂亮。“我正到处找你呢！你去哪儿了？”她上气不接下气地说。

杰克指着远去的银梅，轻声说道：“丽，你是对的。银梅另有图谋，她根本不是真心要嫁给你的父亲。她是个狐妖。昨晚，她和她的狐狸大军袭击了我。”

“狐妖？”丽惊得倒吸一口气，“原来是这样！她打算吸干我父亲的生命之力，这样父亲就会毫无还手之力了！”

“我们必须把这个情况告诉玉帝。”杰克提议。然而丽摇了摇头，脸上浮现出失望受伤的表情。

“他不会相信我们的。他只会认为我是在闹情绪，因为银梅不是我的亲生母亲。”

“那我们就一起想办法！我们必须让他相信我们！”杰克斩钉截铁地说道，“耳听为虚眼见为实，那我们就让她在玉帝面前自己现出原形。”

“可是，我们要怎么做？”丽问道。

“现在我还没有什么好办法！”杰克说道，“但我们不能让她为所欲为，必须阻止她！”

第六章

杰克和丽当机立断，火速奔向宫殿，想找到玉帝阻止这场婚礼。这时，夏宫内的婚礼宾客人头攒动，所有人都身穿华服，喜气洋洋地聊着天儿，结伴前往正殿。在这些宾客当中，有些人的相貌看起来和银梅相似，他们都有着高高的颧骨、红色或白色的头发，身材高挑，一副尊贵气派。这时，两个身材高大的男子走过，杰克不自觉地盯着他们看了片刻，其中一个男子似乎有所察觉，也看了杰克一眼。两人四目相对的刹那，杰克发现那名男子的眼睛在阳光的照射下闪烁着金黄色斑点。

“他们是……？”丽小声问道。

“狐妖。”杰克点了点头，“他们肯定就是狐妖。”即使他们现在是人类模样，但是只要知道狐妖的特征，就能一下子分辨出来。

不断有宾客前来道贺，杰克和丽穿过人群，前往玉帝所在的正殿。不料，酉鸡突然从玉之币中出来了，闹出了一阵声响。一瞬间，受银梅邀请的客人们都停下脚步，转过身来直直地盯着杰克他们。这一幕简直太可怕了。这些扮作客人的狐妖直勾勾的眼神，似乎把酉鸡当成了美味的鸡肉大餐。杰克立刻俯身把酉鸡抱到怀里，轻声说道：“回去！”眨眼间，酉鸡消失了，回到了玉之币的安全空间内。那些人见到酉鸡消失了，转过身，又继续聊着天儿向前走。

进入正殿后，房间内的温度比平时更低一些。杰克不禁打了个冷战。环顾殿内，天花板上挂着金色的缎带，墙边整齐地摆放着巨大的雕像。银梅和玉帝坐在高台上，高台被装饰成富丽堂皇的红色和金色，上面还摆放着一张桌子，显然是为接下来的婚礼茶会准备的。银梅邀请的客人们早已就座,玉帝已经在倒茶了。见状，丽一个箭步冲到台前。

“你们竟然不等我就开始婚礼茶会了？”丽生气地质问。

银梅站起身，丝毫没有因为丽的质问而不悦，反而一脸平静地开口说道：“丽，这不是你父亲的错。我们知道你和杰克在一起，所以想让你和你的朋友多待一会儿，叙叙旧。但现在我不得不告诉你了，毁掉我们宫殿内精美藏书室的罪魁祸首正是杰克，他得为这件事负责。有人告诉我，虎年出生的人……”话到嘴边，银梅转向杰克紧盯着他说，“会对我们的婚姻

不利。他出现在这里不是好兆头。所以他必须离开。”

听到这样的话，杰克心中涌起一阵怒火。他心里明镜似的，银梅这么做是想让玉帝和他产生嫌隙。

“父亲，我需要和你谈谈。”丽当即说道，然而只见玉帝抬了抬手说：“猛虎勇士，如果银梅说你应该离开，那么我尊重她的决定。”

说话间，杰克发觉玉帝看起来和以往那个英明伟岸的玉帝有所不同。此时的玉帝目光呆滞，一脸消瘦。看来，银梅已经在窃取他的生命之力了！就在这时，银梅也开始倒茶了，她倒茶的时候，杰克又看到了她手上的纱布，这让杰克想到了一个好主意。他走到银梅跟前，深深地鞠了一躬，以示他的真诚与敬意：“尊敬的玉后，您要我离开，我理当从命。但是，我注意到您的手受伤了。可否允许我最信任的朋友，戌狗神兽为您治疗？就当这是我在您大喜之日送上的离别礼物。”说罢，杰克再次向银梅鞠了一躬。

听了杰克的提议，玉帝一下子振作了起来，惊喜地说道：“对啊！戌狗神兽的治愈之力可是非常了不起的。谢谢你的理解，杰克。”之后，他转头看着银梅，语气尽显关切:“来吧，亲爱的，让猛虎勇士帮你治疗。”

不等银梅想好拒绝的借口，杰克就把玉之币抛向空中，大声喊道：“戌狗现身！”转瞬间，戌狗出现在杰克的身边。

杰克一只手放在戌狗背上，警惕着戌狗见到狐狸的过激反应。“别吼！”杰克附在戌狗耳旁轻声叮嘱。戌狗虽然剑拔弩张，浑身的毛都竖起来了，但他还是听从了杰克的指令。“有戌狗在我身边，借助他的治愈之力，我把手放在您受伤的手上，就能治好它。”杰克一面大声解释，一面走向银梅。

“不！把那只狗给我带走！别过来！”银梅抬起那只未烧伤的手，激动地指着戌狗。

“没有这么可怕，别担心，”玉帝安慰道。此时，杰克和戌狗又向银梅走近了一步。银梅又气又急，浑身汗毛直立，往椅背上爬去。

“快把这东西从我身边带走！”她又尖叫一声，命令道。

戌狗向前一跳，眨眼间，银梅就站在了御座上。“够了！”她大喝一声，“这个游戏我玩儿腻了。我原本计

划成为玉后，但是现在，我觉得直接拿下这座宫殿也不错！如果你想和我为敌，我愿意奉陪！”说罢，她双臂一抬，殿内她邀请的客人立刻回应她，全都嗷呜地号叫起来。顿时，殿内长啸震天，玉帝、丽和杰克纷纷难受地捂住耳朵。银梅又举起双臂，眨眼间竟然消失在原地。现在，她的位置上坐着一只身形庞大的雪白狐狸，九条巨大的尾巴在不停地摆来摆去。银梅终于现出了她的真身！

她以迅雷不及掩耳之势，抬起一只爪子向戌狗扫去，戌狗瞬间倒地，咬牙切齿地狂吠着。银梅一把抓住玉帝，将她的爪子直直地插进了玉帝的胸膛。杰克惊恐地看着这一幕，只见玉帝的生命之力开始从他的脸上抽离。接着，玉帝脸色突然变得苍白如纸，身体像一片落叶似的掉落在地。

“不！”丽声嘶力竭地喊道，她冲到玉帝面前，“睁开眼睛啊，父亲！”此时，白狐从玉帝胸膛中抽出爪子，跳上高台，又发出一声刺耳的长啸。

一个接一个地，殿内那些头发中夹杂白发的客人四肢跪地，身体开始颤抖，随后全都变成了狐狸。

“来吧，我的狐狸大军！给我占领这座宫殿！”银梅尖声命令道。台下的狐狸大军听令，开始在殿内各个角落攻击其他客人，一时间宫殿内尖叫声此起彼伏，人们仓皇逃窜。

白狐低头俯视玉帝，不屑地笑起来：“以前你占领了我们的家园，砍伐掉了我们赖以生存的森林，为你的家人建造了这座夏宫。现在我们要夺回自己的家园，再次把这里变成永恒的冬天，就像以前一样。到时候我会召唤龙王，他会给我丰厚的回报。冤有头债有主，我终于可以报仇了！”

听到这里，所有的狐狸都抬起头来，心情激昂地再次号叫起来，恐怖的声音回荡在宫殿的各个角落。

第七章

玉帝躺在杰克的脚边，痛苦无力地呻吟着。“龙王！”玉帝撑着最后一丝力气说道。他现在太虚弱了，根本无法战斗。如果此刻龙王归来，那玉帝必败无疑。杰克飞快地瞥了丽一眼，知道她和自己的想法不谋而合，那就是必须阻止银梅，不能让她把龙王召唤回来。

杰克盯着高台上指挥着狐狸大军的白狐，冥思苦想着怎么才能把她打败。突然，他注意到白狐的脖子上佩戴着一颗紫色的小宝石。杰克当即就认出了那颗宝石！那是一颗召唤宝石，白狐可以用它召唤龙王！

之前在杰克和电龙战斗时，电龙就用一颗类似的宝石召唤出了冰龙。

杰克正想要采取行动，不料白狐已经抢先一步，她举起宝石，用她白色的大爪子在宝石中央按了下去。瞬间明亮耀眼的光芒闪现，在房间的另一边，一个餐盘大小、钻石形状的传送门出现了。透过它，杰克看到了他的死对头——龙王。看到龙王的那一刻，杰克心中怒火冲天，他一生中从未如此憎恨过一个人。

“我父亲失去了法力，我们不能让龙王闯进来。”丽大声说道，心急如焚。杰克瞪着空中，看见传送门正变得越来越大。他心知，必须想尽一切办法阻止龙王过来。现在狐狸大军已经让他们疲于应对，要是再加上一个心狠手辣的龙王，后果可想而知！

杰克昂首站立，从口袋里掏出玉之币。“丑牛现身！”他大喝一声，强壮的丑牛瞬间就出现在他身边。杰克跳上丑牛的背，向传送门入口冲去。来到传送门前面，杰克灵敏地从丑牛背上一跃而下，把肩膀靠在丑牛身体一侧，这样就仍能保持连接，使用丑牛的拔山举鼎之力——因为他接下来的行动需要两只手来完成。当丑牛那无穷力量充盈他的身体时，杰克双手分别握住传送门的两边，咬着牙使劲向中间挤压，想把在另一边窥视的邪恶身影挡在外面。

“年轻的猛虎勇士！”龙王放肆大笑，“我还在想什么时候才能再见到你呢。”见到杰克正拼尽全力，龙王又大笑起来，满是不屑。杰克并未理会，全神贯注使用丑牛的全部力量，阻止传送门入口变得更大。

“你太弱了！你不及以前猛虎勇士的万分之一。你不过就是一只臭苍蝇，一个讨厌鬼！”

龙王试图用这些话让杰克分心，然而杰克并未受到影响，他扭头看向丽，又看向白狐，大声喊道："丽，我需要你的帮助！毁掉那颗宝石！"丽正抱着父亲的头，听到杰克的话，她点头会意。她轻轻地放下父亲的头，跃向空中，飞快旋转，变身成凤凰，那个实力强大的凤凰。

凤凰扑向银梅，直直地朝着她的脸，疯狂扇动有力的翅膀。白狐突然失去了平衡，凤凰敏捷地用爪子抓住了那颗紫色宝石，随即发出兴奋的鸣叫，但事情远没有这么容易。几只狐狸见状，紧追着她，还纵身跳到空中，撕咬凤凰彩色的尾羽。

"杰克！"丽大喊一声，此时有一只狐狸已经咬住了她的尾巴，"接住！"她把闪闪发光的宝石抛向空中。杰克立刻松开传送门，一把抓住了宝石。紧接着，他集中精力，往体内引入更多丑牛的力量，大吼一声，把宝石捏成了粉末。

"不！"龙王绝望地喊道，只见传送门入口又逐渐缩小了。

"看看现在谁是讨厌鬼。"杰克轻笑一声，看着传送门消失了。在这令人紧张到窒息的空气中他稍微松了一口气。

见到这一幕，白狐号啕痛哭，霎时间可怕的尖叫声萦绕在整个正殿之中。

“龙王！我的主人！”白狐尖叫道，然后愤怒地转身瞪着杰克，“虽然你能阻止我把我的主人带回来，但这座宫殿仍在我的掌控之中！”说完，白狐从高台上一跃而下，跑出了大门，身后跟着她的狐狸大军。

杰克和丽飞奔到玉帝身边，玉帝依旧紧闭双目，昏倒在地。仔细一看，他的头发开始变白，皮肤像一个老人般干枯、布满皱纹，呼吸极其微弱。

“父亲还活着，但气息微弱。我们应该怎么办？”丽急切地问道。此时的玉帝哪里还看得出是那个神明般的人物，他现在看起来就是一个年事已高、垂垂老矣的老人。

“戌狗！”杰克拿出玉之币喊道。戌狗出现了。杰克立刻把一只手放在戌狗背上，另一只手放在玉帝身上，就像他以前为丽治疗那样。然而，出乎意料的是，虽然治愈之力源源不断地涌入玉帝的身体当中，他的状况却丝毫没有起色。杰克不解地看着戌狗，戌狗只是悲伤地摇着头：“他已经失去了太多生命之力。我无能为力。”

“杰克，你不能进行戌狗变身吗？”丽看着杰克，语气恳切，“那样你不是会变得更强大吗？也许你变身后就能帮我父亲了。”

听到丽的恳求，杰克心中沉甸甸的。“我只学会了如何进行寅虎变身。”杰克小声说道，心中泛起无力的感觉。要是爷爷在这里就好了。要是他是个真正的猛虎勇士就好了！

“试试吧！”丽说着，一滴眼泪从她的脸颊上滑落。

杰克伸手抓住戌狗，努力让自己保持头脑清醒，脑海中不断闪现他完成寅虎变身时的情景。他那个时候冷静、自信，就像寅虎一样。此刻，他竭尽全力唤起对自己的信心，聚精会神，心中默念："我是猛虎勇士！"然而，什么也没有发生。

就在这时，巳蛇爬进来，焦急地说道："狐狸正在袭击所有的婚礼宾客。"

"我们需要保护他们，把他们全都送到安全的地方去。"杰克立刻说道。

听罢，丽指了指窗外码头上的船只。"我们可以去碧玉王宫暂避。最快的办法就是穿过这片湖。"

杰克点了点头。

丽转身，看向离得最近的守卫："把所有人都带到湖边去！"她一声令下，十分威严。"但我担心父亲现在走不了路。"她紧接着对杰克耳语道。

杰克未加思索便把午马召唤出来。他和丽一起把玉帝抬到午马的背上。

他们走出正殿，来到走廊里，只见这里一片混乱，周围的狐狸都在不停地追赶、撕咬着参加婚礼的宾客。一个仆人正顺着帘子往上爬，而下面的一只狐狸紧追不舍。见状，杰克对准狐狸，利用寅虎的火之力发射了一股火焰，刹那间，狐狸慌忙逃窜，一边号叫，一边叫骂。

“谢谢你，猛虎勇士。”那仆人边说边爬了下来，看上去有些站不稳，摇摇晃晃的。

“跟我们来！”丽一边跑，一边大声喊着，召集路上遇到的宾客。杰克射出一个接一个的火球，清理出一条通往湖边的路，带领着所有人向前跑去。

一到湖边，丽马上转身面向众人，身上的每一丝气息都像极了一个威严的领导者：“大家安静！听我说。现在大家都上船，坐船离开。不论如何，我们先离开这个地方，摆脱狐狸大军，他们现在已经拿下了夏宫，我们现在必须到安全的地方去！”

听完丽的一番话，大家开始争先恐后地上船，纷纷在木船上找好位置坐下。午马也贴心地前腿跪了下来，好让丽和杰克能更方便把玉帝抬到皇家船上去。

“我在哪儿？”玉帝睁开眼睛，疑惑地问道。

“我们在湖边，父亲。现在先别说话了，休息一会儿吧——我们要带您回碧玉王宫。”丽轻声安慰道。

玉帝转过头回望夏宫，一脸惊骇。杰克也随着他的目光望去。

远处的夏宫依然巍峨壮丽，只是所有城墙上的碉堡早已被红狐悉数占领。银梅趾高气扬地站在台阶上。

“不，我不离开！我们得回夏宫去。”玉帝说着，撑着全身力气想要站起来。

“别担心，我们会把夏宫夺回来的——但不是现在，您需要休息。”丽说道。

“不，你不明白。”玉帝上气不接下气地说道，“夏宫不只是一座宫殿，它是整个碧玉王国夏天的源头。如果夏宫落入银梅手中，她就能够毁灭这个源头，让整个碧玉王国再也没有明媚的夏日，到那时，等着我们的将会是无边无际的寒冷冬日。整个王国都将被冻结——永远地被冻结。”他撑着坐起来，用瘦骨嶙峋的双手抓住丽和杰克，“你们必须阻止她！”

话音刚落，雪花开始从天空中飘落下来，气温骤降。一股冰冷的寒风吹过整个大地，杰克只好用双手紧紧地抱着自己的身体。冬天已经来临了！

第八章

杰克和丽看着载满宾客的船驶过湖面，他们扶起玉帝，在一棵树下暂避。“至少百姓们安全了。”丽舒了一口气。

“我觉得你这话说得太早了，”杰克说道，“看！”只见白狐和她的狐狸大军已经追到了岸边。嗖的一声，银梅变回了人形。她五指张开，银色的指甲闪着亮光，刹那间，杰克就看见一层厚厚的白色冰层逐渐覆盖到湖面上，速度越来越快，湖里的水很快就会被冻成坚实的白色寒冰。再这样下去，那些宾客的船会被困住

的！不到片刻，成群的狐妖就踏上了冰封的湖面，径直向那些木船冲去，个个张着大口，像是饿极了，要把船上的人生吞活剥。

杰克望着船上的人，他们正拼命地划着船，而湖面的冰层不断向他们那边扩散。“我们得帮他们！”杰克斩钉截铁地说道。

“我不能把父亲一个人留在这儿！”丽握着玉帝那虚弱无力的手，担心地说道。

“没事，你安心照看你父亲。救人的事就交给我和生肖神兽吧。”杰克当机立断让丽留下。“生肖神兽！”他抛出玉之币，大喝一声。十二生肖神兽一个一个地出现了。

子鼠率先跑到了冰上，但她一个不小心滑倒了，嘴里还叫道："快回来，你们这些胆小的狐狸！"

杰克看着子鼠，心中思索她的天气之力有没有用武之地。也许这个时候出太阳的话，会把冰融化？但是这可能要花很长时间！那么辰龙的水之力能行吗？然而，辰龙已经在摇头了。

"水已经结冰了，我做不了什么。"她失落地说道。

寅虎走上前来，轻轻碰了碰杰克的手。

"好吧，寅虎，我们送些火弹给它们尝尝！"杰克说罢，把手放在寅虎的背上。寅虎咆哮一声，火焰冲向空中，落在冰面上。一碰到冰面，火焰立刻把冰面灼烧出许多小洞，让一些狐狸一头栽进了湖水里。然而这个攻击没能阻止狐狸大军，更多的狐狸依然号叫着朝载满人的船飞奔而去。杰克看见银梅得意地笑了。现在，只能靠他来阻止银梅。但是，他到底应该怎么做？

"玉帝……你必须先帮助他恢复力量。"辰龙提议，"只有这样，才能一举击败狐狸大军。"

"但是当务之急是去救船上的人！"杰克说道，现在他很难取舍。他回头望向丽，丽还在抱着她虚弱的父亲。他到底应该怎么办？是先阻止狐狸的攻击，还是先设法救玉帝?

就在杰克举棋不定时，戌狗跑到他身边，张着嘴，露出尖牙。“让我来对付那些狐狸，杰克。”他咆哮道。

杰克低头看着戌狗。眼前的戌狗怒气冲天，目露凶光，他有些不习惯，因为戌狗平时是那么风趣友好。一只狐狸靠近，戌狗猛地吠叫起来。

等等！杰克突然想通了。也许辰龙的判断才是正确的。现在最重要的是救玉帝。他们需要重新制定作战策略。就像他玩儿游戏的时候，有时候想要获胜，必须跳出固有的思维模式。如果想在游戏中打败一个终极对手，就必须获得更多道具，得到更多助力。所以眼下的首要任务就是治好玉帝，只有他才能打败银梅！

“我对那些狐狸简直厌恶至极！”戌狗的耳朵耷拉下来，咆哮时露出锋利的牙齿。

“嘿，戌狗，别这样，我不喜欢看到你这么不安。”杰克说道。他发觉自从狐狸出现以后，戌狗就极其不自在。

“我知道，我也不喜欢自己这样。都是那些讨厌的狐狸害的！”戌狗咆哮道。

杰克突然灵光一现。他回想起，当他像寅虎一样冷静自信，当他能彻底理解猛虎精神时，他就能进行猛虎变身了。然而戌狗不是寅虎，他不自信也不冷静——他的特点是忠诚又风趣……突然，杰克想到了自己能变身戌狗的关键。他张口问道："戌狗……要是狐狸耳朵里塞着梨子，你管它们叫什么？"

"我不知道。"戌狗回答。

"随便你叫它们什么——反正它们也听不到！"说罢，杰克哈哈大笑起来。笑起来的感觉真棒。

戌狗也跟着大笑起来。

杰克开始嬉戏打闹，使出浑身解数，想让戌狗笑起来。他做鬼脸，讲笑话，甚至还倒立了几次。

此时，丽抱着地上的父亲，从她所在的地方远远望着杰克，脸上还挂着泪痕。"你在干什么？"她生气地喊道，"那些狐妖在攻击我的子民，我的父亲奄奄一息，你怎么还有心思玩闹！"

杰克假装没听见，朝地上一趴，然后向前打了个滚儿。也许这一切看起来有点儿傻，但杰克明白，他现在必须全身心地培养他和戌狗的友谊，而不是被数百只朝船奔袭而去的狐狸扰乱思路。终于，他理解了戌狗的精神，他希望能够成功。

“嘿，戌狗，你知道狗见到什么市场会扭头就走吗？哈哈，是跳蚤市场！”

“这个笑话不错！杰克！”戌狗一边说一边笑，笑得眼泪都出来了。杰克紧紧地抱住戌狗，给了他这位亲密的朋友一个大大的拥抱。

戌狗完全放松下来了。就在那一刻，一束强光进

入了杰克的身体，从他的手掌中涌了出来。那是一股能够真切感受到的治愈之力，带着些刺痛，他全身的感官无一不被放大，这股强大的治愈之力比他治愈自己手臂时的力量大了千万倍。治愈之力在他的身体里翻腾涌动。杰克猛然发现自己的舌头高兴地垂在嘴巴外面，他还有尾巴，在不停地摇摆着。

他成功啦！他真的变身成戌狗了！

第九章

杰克兴奋地吠叫着，庆祝他自己成功变身。但现在没有时间玩儿了。他飞快地跑到玉帝身边。

“杰克？是你吗？太好啦，杰克，你成功了！你能治好我父亲吗？”丽激动地问道。

杰克把他的爪子放在玉帝的胸口，那里被白狐深深地掏了一个大洞。一碰到玉帝的身体，明亮的黄色光芒穿过杰克，涌向玉帝。杰克闭上眼睛，感觉到磅礴充沛的治愈之力正通过他的爪子喷涌而出。

起初什么也没有发生，然后慢慢地，玉帝的脸上恢复了血色，他动了一下。接着，他的头发从灰白变成了黑色，脸上的皱纹也被抚平了。

丽看着这一切，她父亲的生命之力又回来了，她惊呼一声 ：“起作用啦！”

杰克把爪子从玉帝身上拿开，屏住呼吸等着。

只见地上的玉帝倒抽了一口气，坐了起来，看上去和以前一样威风强大。“谢谢你，猛虎勇士。”他说着，深深地低下头，向杰克表达谢意。

看着父亲起死回生，丽激动地抱住了父亲，与此同时，杰克转头看向身后的那些船，他的心一下子沉了下去。湖上是一片惨绝人寰的景象。狐狸大军在冰面上行动自如，不断地撕咬着船上的人，发出阵阵号叫，船上的人手无寸铁，只能拿着船桨拼命抵抗。银梅站在湖边，看着湖面上的情景，得意而又残忍地笑着。

“玉帝陛下！”杰克转头大喊一声，“我们需要您的帮助！”

玉帝仰天长啸，能量激荡，顿时引得天空中雷鸣阵阵。一看到玉帝，银梅心生惧意，吓得不自觉后退几步。此时此刻她再也威风不起来了，因为玉帝已经恢复了他全部的力量，而且怒火冲天。

“来吧，杰克，让我们狠狠地教训教训那些狐狸。”丽站起身，斗志昂扬。玉帝一步一步走向银梅，气势逼人，手指间凝聚出闪电，噼啪作响。丽也变身成凤凰，飞向天空，准备战斗！她向狐狸大军猛扑过去，身形灵动，动作迅猛，狐狸一个接一个地被干掉。

杰克摇着尾巴，飞速冲向冰面。一见到体形庞大的戌狗向它们扑来，狐狸们纷纷尖叫着逃进森林。

“也许这次你能阻止我，但龙王没有得到碧玉王国，是不会罢手的！你等着瞧吧！”银梅气急败坏地大声喊着。

“那我们就在这儿等他上门受死！”玉帝沉声回答，话音刚落，指尖一道闪电飞出，划过冰冻的湖面，直直地击中了银梅的心脏。一瞬间，银梅灰飞烟灭。

“夏宫又安全了。”玉帝宣布。乌云散去，温暖的阳光洒落下来，周围的冰雪逐渐开始融化。凤凰扇着翅膀，带起了阵阵轻风，把船吹回夏宫的码头。

“哇！”杰克大喊一声，察觉到他爪子下的冰开始融化了。接着，他感觉到了戌狗的调皮劲儿，便肚子冲下，直直地往水里一扑。“嗯，我确实想游个泳！”杰克哈哈大笑。

其余的生肖神兽也都出现在了岸边，目光投向湖中，期待着杰克的狗刨式泳姿。杰克游到岸边，从水里出来的时候，他又变回了人形。戌狗站在他旁边，使

劲抖了抖浑身湿透的皮毛，一下子，水珠把周围所有人都溅湿了。

“戌狗！你这个调皮捣蛋鬼！”丽佯装生气地喊道，擦掉了脸上的水珠。

“谢谢你逗我笑，杰克。”戌狗摇着尾巴说，“我不喜欢总是生气的感觉。”

听罢，杰克看着风趣幽默的戌狗，拍拍他的头，说道：“欢迎你回来，我的朋友！”

一艘接一艘，湖上的船回到了岸边，杰克和丽帮助人们回到码头上。安顿好人群后，他们转过身来，抬头看着夏宫。夏宫周围的树木上，冰柱正在慢慢融化，枝头上又绽放出了花朵。

玉帝笑了笑，转身面向他的子民，大声说道：“多亏了猛虎勇士，我们才打败了狐妖。来吧，让我们一起庆祝这个胜利时刻！今天虽然没有婚礼宴会了，但是不妨碍我们再举办一场庆功宴，大家享受美食，一起庆祝！”

一想到宴会上还有那香喷喷的包子，杰克情不自禁地笑了，但马上，他又摇了摇头。“我想我得回家了。”杰克说道。他已经来到这里两天了，但回到原来的世界，时间也只是过了几分钟而已。

“谢谢你能来，杰克。你是唯一相信我的人，而且你又一次救了我父亲！”丽伸出手掌，杰克会意，伸手和她击掌。“我现在觉得龙王错了，你知道，他曾经说之前的猛虎勇士都比你强千万倍。但现在，你就是我心中最强的猛虎勇士。对不起，我之前怀疑过你。”丽满心愧疚地低下了头，“你潜力无限，内心强大，完全掌握了戌狗变身的最佳时机，相信用不了多久，你就能掌握所有生肖神兽的力量。所以不要担心。”

杰克会心地笑了笑。这正是他最想听到的，也是对他能力的认可。此刻，他心中的信念更加坚定了。随后，他从口袋里掏出玉之币，抛向空中，大喊一声：“回家。”

转眼间，杰克又回到了他的花园。一切都和他离开时一模一样。

“你准备好面对接下来的训练了吗？”爷爷的声音响起，只见他舒舒服服地躺在躺椅上。

“我在碧玉王国的实战训练惊心动魄，已经够我受用一辈子了！”杰克坐下来，把碧玉王国发生的一切都告诉了爷爷。

当杰克说完他的经历后，爷爷难以置信地摇了摇头。“这次你很幸运。”他说，“如果让龙王通过了那道传送门……”

杰克听到这话，忍不住打了个寒战：“我知道，若是那样，后果将不堪设想。所以，从现在开始，我们要加倍努力训练！”

“哦？这么认真？”爷爷惊讶地说。

“不过是从明天开始。”杰克哈哈大笑。

就在这时，他听到妈妈在屋里喊道：“我回来了！我买了比萨，有没有人想吃啊？”一听到比萨，杰克突然觉得自己饿坏了。

他快步走进房间，手掌在口袋里不断摩挲着玉之币的边缘。他们打败了银梅，取得了暂时的胜利，但龙王执意要推翻玉帝，接管碧玉王国，甚至在那之后，还要占领杰克现在生活的世界。杰克下定决心，不管龙王接下来做什么，他和十二生肖神兽都将倾尽全力阻止他！

本篇故事结束。

下一篇《猛虎勇士：年兽来袭》中，杰克又会有怎样的奇遇呢？敬请期待！